Little Jamie Books	Los Libros "Little Jamie"
A Day in the Life	Un día en la vida
My Favorite Time of Day	Mi hora preferida del día
On My Way to School	De camino a la escuela
What Day Is It?	¿Qué día es hoy?
What Should I Wear?	¿Qué ropa de pondré hoy?

A Little Jamie Book is an imprint of Mitchell Lane Publishers.

Library of Congress Cataloging-in-Publication Data

Kondrchek, Jamie.
  On my way to school / story by Jamie Kondrchek; illustrated by Joe Rasemas; translated by Eida de la Vega = De camino a la escuela / por Jamie Kondrchek; ilustrado por Joe Rasemas; traducido por Eida de la Vega. — Bilingual ed.
     p. cm. — (A little Jamie book = Un libro "little Jamie")
  Summary: A rhythmic story in English and Spanish in which a boy sees many signs and other indications of how to stay safe as his mother drives him to kindergarten.
  ISBN 978-1-58415-840-0 (library bound)
  [1. Stories in rhyme. 2. Traffic signs and signals—Fiction. 3. Automobile driving—Fiction. 4. Spanish language materials—Bilingual.] I. Rasemas, Joe, ill. II. Vega, Eida de la. III. Title. IV. Title: De camino a la escuela.
  PZ74.3.K662 2009
  [E]—dc22
                                                                        2009030463

Printing   1   2   3   4   5   6   7   8   9

                                                                                    PLB

ON MY WAY TO SCHOOL

TO SCHOOL

A Little Jamie Book
Un libro "Little Jamie"

STORY BY/POR
JAMIE KONDRCHEK

ILLUSTRATED BY/ILUSTRADO POR
JOE RASEMAS

TRANSLATED BY/TRADUCIDO POR
EIDA DE LA VEGA

DE CAMINO
A LA ESCUELA

Bilingual Edition English-Spanish
Edición bilingüe inglés-español

Mitchell Lane
PUBLISHERS

P.O. Box 196
Hockessin, Delaware 19707
Visit us on the web: www.mitchelllane.com
Comments? email us: mitchelllane@mitchelllane.com

I'm riding on my way to school
And what I see is pretty cool.
The signs along the road tell Mom
What is right and what is wrong.

Voy de camino a la escuela
y me encanta lo que veo.
La señal en la calle le indica a mamá
lo que está bien y lo que está mal.

Stay safe in the car
  as we ride down the street.
I fasten my belt
  and remain in my seat.

En el auto estoy seguro;
  nada malo pasará
  si me abrocho el cinturón
  y quieto me siento ya.

"Stop," reads the sign
at the end of my lane.
We look both ways—
right, left, and right again.

"Pare", dice la señal que
al final de mi calle puedes ver.
Miramos a ambos lados:
derecha, izquierda y derecha otra vez.

Mom keeps going if the lights are all green.
I help her read signs and we work as a team.

Si el semáforo está en verde, mamá sigue manejando.
Voy leyendo las señales. Así la voy ayudando.

The light has turned yellow—
Caution ahead!
"Slow down, Mom. Now stop.
The light has turned red."

El semáforo está en amarillo.
¡Hay que tener mucho cuidado!
"Ve despacio, mamá. Ahora para.
La luz a rojo ha cambiado".

Other cars take their turn on the street.
A **Walk** sign glows for those on their feet.

Les toca pasar a otros
autos y camiones.
Y está la señal de "Caminar"
para los peatones.

See the black-and-white arrow? One Way this stretch.
We cannot turn right, so instead we turn left.

¿Ves la flecha blanca y negra?
Indica que la calle corre en un solo sentido.
A la derecha no podemos doblar,
así que a la izquierda damos un giro.

The railroad tracks cross the street in my town.
The red lights blink and the gate dings down.

Las líneas del ferrocarril la calle atraviesan.
Las luces rojas parpadean y baja la barrera.

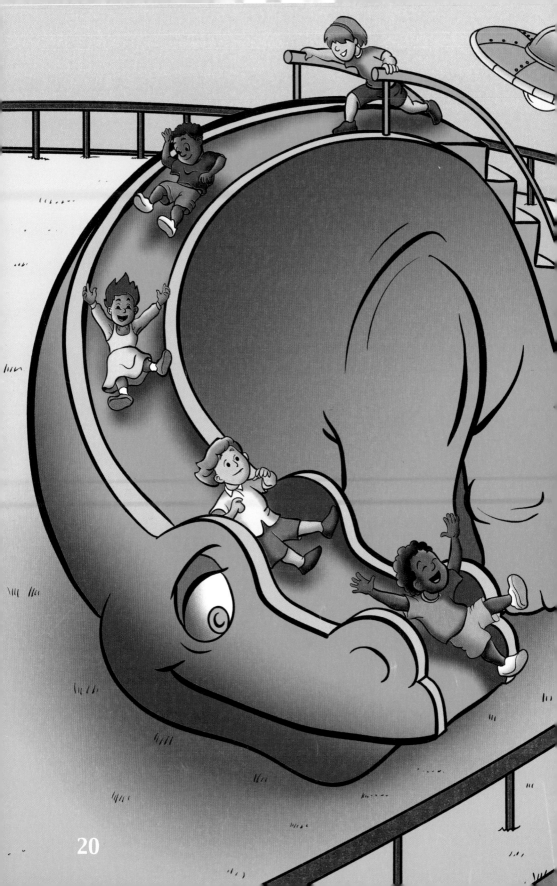

The train goes by and we're back on our way.
A yellow sign cautions: Children at Play.

Pasa el tren y seguimos manejando.
Una señal amarilla advierte:
"Niños jugando".

With students at bus stops,
we don't go too fast.
We smile and wave to the
friends that we pass.

Las paradas están llenas de estudiantes.
Despacio pasamos, sonriendo y saludando
a los amigos que encontramos.

23

Ahead is my school. See the buses arrive?
When their lights are blinking, you'd better not drive.

Allí enfrente está mi escuela.
¿Ves los autobuses llegar?
Cuando sus luces parpadean,
tu auto no debes manejar.

"Here's your school! Take your lunch.
   Have a great day."
"You too, Mom! Bye. See you later today."

"¡Aquí está tu escuela! Toma el almuerzo.
   Que lo pases bien".
"¡Tú también, mamá! Adiós. Más tarde te veré".

What signs do you see
   on your way to school?
What do they mean?
   Stay safe; follow their rules.

¿Qué señales ves cuando vas
de camino a la escuela?
¿Qué significan? Mantente seguro;
obedece sus reglas.

Red = Stop

Yellow = Caution

Green = Go, or Go This Way

Orange = Road construction

Blue = Information (such as Hospital, Rest Area)

Brown = Recreational and Cultural Interest (such as State Park, Museum, or Zoo)

Rojo = **Pare**

Amarillo = **Cuidado**

Verde = **Seguir o Seguir en una dirección determinada**

Anaranjado = **Calle en construcción**

Azul = **Información (como hospitales, áreas de descanso)**

Marrón = **Lugares de interés recreativo o cultural (parques estatales, museos o zoológicos)**

About the Author: Jamie Kondrchek earned her master's degree in elementary education from Wilmington University. She has taught pre-kindergarten and kindergarten. Jamie saw the need for read-aloud bilingual books that relate to curriculum standards for this age group. Since these books were often hard to come by, Jamie decided to develop her own collection, Little Jamie Books. She lives in Newark, Delaware.

About the Illustrator: Joe Rasemas is an artist and book designer whose illustrations have appeared in many books and publications for children. He attended Bennington College in Vermont and now lives near Philadelphia with his wife, Cynthia, and their son, Jeremy.

About the Translator: Eida de la Vega was born in Havana, Cuba, and now lives in New Jersey with her mother, her husband, and her two children. Eida has worked at Lectorum/Scholastic, and as editor of the magazine *Selecciones del Reader's Digest.*

JAMIE

JOE

EIDA

Acerca de la autora: Jamie Kondrchek tiene un máster en educación primaria de la Universidad de Wilmington. Ha dado clases de kindergarten y pre-kindergarten. Jamie se dio cuenta de que había necesidad de libros bilingües para leer en voz alta, que se correspondieran con los estándares del currículo para estas edades. Como estos libros eran difíciles de conseguir, Jamie decidió desarrollar su propia colección, Libros "Little Jamie". Jamie vive en Newark, Delaware.

Acerca del ilustrador: Joe Rasemas es un artista y diseñador de libros cuyas ilustraciones han aparecido en muchos libros y publicaciones para niños. Estudió en Bennington College, en Vermont, y ahora vive cerca de Filadelfia con su esposa, Cynthia, y su hijo, Jeremy.

Acerca de la traductora: Eida de la Vega nació en La Habana, Cuba, y ahora vive en Nueva Jersey con su madre, su esposo y sus dos hijos. Ha trabajado en Lectorum/Scholastic y, como editora, en la revista *Selecciones del Reader's Digest.*